LUCKY LUKE

DEDOS MAGICOS

Ilustraciones de MORRIS

Guión de LO HARTOG VAN BANDA

grijalbo/dargaud S.A.

barcelona

LOS IDIOMAS DE LUCKY LUKE EN EL MUNDO

AMÉRICA LATINA
Grijalbo-Dargaud S.A., Aragó, 385, Barcelona, España
AUSTRIA
Delta Verlag, Postfach 1215, 7 Stuttgart 1, R.F.A.
BÉLGICA
Dargaud Bénélux, 3 rue Kindermans, 1050 Bruselas, Bélgica
BRASIL
Livraria Martins Fontes, Rua Conselheiro Ramalho 330/340, Sao Paulo, Brasil
DINAMARCA
A/S Interpresse, Krogshojvej 32, 2880 Bagsvaerd, Dinamarca
ESPAÑA
Grijalbo-Dargaud S.A., Aragó, 385, Barcelona, España
ESTADOS UNIDOS DE AMÉRICA & CANADÁ
Dargaud Publishing International, 2 Lafayette Court, Greenwich, Conn. 06830, U.S.A.
FINLANDIA
Otava, Uudenmaankatu 8-12, Helsinki, Finlandia
HOLANDA
Dargaud Bénélux, 3 rue Kindermans, 1050 Bruselas, Bélgica Distribución: Van Ditmar b.v., Oostelijke Handelskade 11, 1019 BL Amsterdam, Holanda
HUNGRÍA
Nip Forum, Vojvode Misica 1-3, 2100 Novi Sad, Yugoslavia
INDIA
Gowarsons Publishers Private Ltd., Gulab House, Mayapuri, Nueva Delhi 110064, India
INDONESIA
PT Indira, Jalan Sam Ratulangi 37, Jakarta Pusat, Indonesia
ISRAEL
Dahlia Pelled Publishers, 5 Hamekoubalim Street, Herzeliah 46447, Israel
ITALIA
Bonelli-Dargaud, Via M. Buonarroti 38, 20145 Milán, Italia
NORUEGA
Semic Nordisk Forlag A/S, P.B. 6320 Etterstad, 0604 Oslo 6
PORTUGAL
Meriberica, Avenida Alvares Cabral 84-1.º Dto., 1296 Lisboa Codex, Portugal
REPÚBLICA FEDERAL ALEMANA
Delta Verlag, Postfach 1215, 7 Stuttgart 1, R.F.A.
SUECIA
Bonniers Juniorforlag AB, Kammakargatan 9a, Estocolmo, Suecia
SUIZA
Interpress Dargaud, S.A. En Budron B, 1052 Le Mont/Lausana, Suiza
YUGOSLAVIA
Nip Forum, Vojvode Misica 1-3, 2100 Novi Sad, Yugoslavia

Título original: Fingers
Traducción: Víctor Mora

Aragó, 385 - Barcelona
ISBN: 84-7510-287-5 cartoné
Depósito legal: B. 29136-86
SIRVEN GRAFIC, Gran Via, 754 - 08013-Barcelona
Printed in Spain

DEDOS MAGICOS
DIBUJOS: MORRIS • GUION: LO HARTOG VAN BANDA
UN PENAL ESPECIAL DE TEXAS DE DONDE NINGÚN DETENIDO HA PODIDO JAMÁS ESCAPARSE...
...HASTA LA TARDE EN QUE UN FORASTERO LLAMA A LA PUERTA...
BUENAS TARDES, SEÑOR GUARDIÁN. A UN PRISIONERO LE GUSTARÍA PASAR LA NOCHE EN SU ESTABLECIMIENTO.
?
¿ES ÉL SU PRISIONERO?
¡NO, NO! ¡ESTE BUEN HOMBRE ES EL SHERIFF, FIEL SERVIDOR DE LA LEY!
LE VOY A DEVOLVER LA ESTRELLA PARA EVITAR MALENTENDIDOS...
¡YA ESTÁ!... EL SHERIFF ES ÉL...
EL PRISIONERO SOY YO.
¿QUÉ?
¿USTED?... ¿¿¿TÚ???
¡LLEVAMOS A BAJAR LOS HUMOS A ESTE BROMISTA! ¡LIBEREN AL SHERIFF! ¡NOS ENCARGAMOS DE ÉL!
CON GUSTO... ¿DÓNDE ESTÁ LA LLAVE?
AQUÍ...
!
¡LIBERADO! ¡POR FIN LIBERADO!...

CUERPO DE GUARDIA
¡HOLA! ¿PUEDO RESERVAR UNA HABITACIÓN AQUÍ?
¡NADA DE PAYASADAS, AMIGO! ¡Y EMPIEZA VACIANDO TUS BOLSILLOS!
¡CON MUCHO GUSTO!
ANTES QUE NADA, ALGUNAS FLORES PARA ECHARLE ALGO DE ALEGRÍA A LA COSA...
?
...Y ESTO DESPUÉS PARA DARLE UN AIRE FESTIVO...
?
¡Y NO OLVIDEMOS LA ILUMINACIÓN AMBIENTAL!
?
Y ESTO PARA LA SOPA...
¡MI HUESO!
Y PARA TERMINAR, ALGUNOS PEQUEÑOS OBJETOS...
¡MI REVÓLVER!
¡MIS LLAVES!
!
¿HAS ACABADO DE HACER EL FANFARRÓN? ¡TU NOMBRE!...
TENGO MUCHOS NOMBRES. EN EL VIEJO MUNDO ME CONOCEN Y CELEBRAN BAJO EL DE "GASTÓN EL INIMITABLE" O "EL REY DE LA MAGIA". AQUÍ ME LLAMAN "DEDOS MÁGICOS".
¡ENCANTADO!

SCRRRATCH... SCRRRATCH!...
¡MIRAD! ¡HE ARRANCADO OTRO PEDAZO!
¡PARAD! ¡ALGUIEN VIENE!
¡TE VAMOS A ENCERRAR EN LA CELDA DE LOS INCORREGIBLES! MAÑANA TE DAREMOS TU UNIFORME DE RECLUSO...
CLIC...
¡PERFECTO! ME GUSTAN LOS DIBUJOS A RAYAS Y LOS CORTES DE TRAJE CONFORTABLES.
¡BUENAS NOCHES, CABALLEROS! NO TENDRÁN INCONVENIENTE, ESPERO, EN COMPARTIR ESTE CUARTITO CONMIGO POR UNA NOCHE...
VLAN!
DAME TU CUCHARA.
?
¿SE REFIERE A ESTE UTENSILIO QUE LES DAN A LOS PENSIONISTAS?
¡SÍ! ¡DAME! Y TOMA LA MÍA.
¡VAYA! ESTE PEQUEÑAJO PARECE UN COMILÓN DE CUIDADO.
CON ESTO PUEDO CONTINUAR UN BUEN RATO...
DÍGANME, CABALLEROS, ¿TIENEN HAMBRE HASTA EL PUNTO DE COMERSE EL SUELO?
¡NO DIGAS TONTERÍAS! ¡ABRIMOS UN TÚNEL!
SCRRRATCH...
¡MUY BIEN! PERO SI TIENEN LA INTENCIÓN DE DEJAR ESTE HOSPITALARIO LUGAR, PUEDEN HACERLO MÁS SIMPLEMENTE POR LA PUERTA...
¡?!

¡MIRAD! ¡LAS LLAVES! ¡¡YA NO TENDREMOS QUE EXCAVAR CON LAS CUCHARAS!!
¿VA MÁS DEPRISA CON UNAS LLAVES?...
...UNA CUCHARA ES MÁS... ¡MPFFF!...
¡PAF!
¡TENGO UN PLAN! ¡LIBERAREMOS A TODOS LOS PRISIONEROS!... ¡LOS GUARDIANES TENDRÁN LAS MANOS OCUPADAS Y NO PODRÁN PERSEGUIRNOS TAN DEPRISA!
¡ERES GENIAL, JOE!
¡HE DICHO QUE TODOS LOS PRISIONEROS, ASÍ QUE TÚ TAMBIÉN!
PERO YO HABÍA PENSADO PODER PASAR LA NOCHE AQUÍ...
4A
Y ASÍ, ALGUNOS DÍAS MÁS TARDE, LUCKY LUKE RECIBE UN MENSAJE QUE YA CONOCE BIEN...
"LOS DALTON EVADIDOS" ...¡VAMOS ALLÁ!
EMPECEMOS POR BUSCAR UN ARMERO ATRACADO POR ESTOS PARAJES...
TENGO LA IMPRESIÓN DE HABER VIVIDO YA ESTO...
¡ME AMENAZARON CON MIS PROPIAS ARMAS! ME QUITARON CUATRO REVÓLVERES Y...
¡VALE, VALE! YA ME BASTA...
CUATRO BANDIDOS... LA MISMA CANCIÓN DE SIEMPRE...
¿CUATRO? NO...
¡CINCO!
¿¿CINCO??
4B

BUSCO A LOS DALTON, ES DECIR, A CUATRO BANDIDOS... LE HAN ROBADO CUATRO REVÓLVERES...
EXACTO, PERO HABÍA CINCO BANDIDOS.
NO... CUATRO...
???
¡CUATRO!
¡CINCO!
¡CUATRO!
¡CINCO!
¡CUATRO!
¡CINCO!
¡ALTO!
¡CALMA, CALMA! SABEN USTEDES CONTAR, ¿VERDAD?...¿ERAN CUATRO O CINCO BANDIDOS?
ARMAS Y MUNICIONES
5A
¡?!
CINCO.
ARMAS Y MUNICIONES
¿QUIÉN ES USTED?
SOY EL SASTRE DE ENFRENTE. ¡LOS BANDIDOS ME HAN OBLIGADO A DARLES BUENA ROPA A CAMBIO DE SUS MÍSEROS UNIFORMES DE PRISIONEROS!
¡BUENO! ¿ASÍ QUE LE HAN DEJADO CINCO UNIFORMES?
NO... CUATRO.
¿CUÁNTOS ERAN? ¿¿CINCO O CUATRO??
5B

ERAN CINCO BANDIDOS.
NO, CUATRO. UNO DE ELLOS NO ERA UN BANDIDO, ERA UN SEÑOR...
¿UN SEÑOR? ¡BAH!
SÍ... UN SEÑOR... ME BESÓ LA MANO...
¡Y TUS ANILLOS DESAPARECIERON!
¡ERA UN BANDIDO COMO LOS OTROS CUATRO!
¡NO ES VERDAD!
ME GUSTARÍA VER ESOS UNIFORMES DE FORZADO QUE HAN ABANDONADO...
PUEDE HACERLO. SÍGAME HASTA AHÍ ENFRENTE.
GUNSMITH
¡UN SEÑOR! ¡UN SEÑOR ENCANTADOR!
¡UN BANDIDO! ¡UN PILLO DE ABRIGO!
¡SÍ! ¡ESTÁ CLARO! SE TRATA DE LOS CUATRO DALTON ¿PERO QUIÉN ERA EL QUINTO?
ERA UN SEÑOR.
¡UN SEÑOR!
SÍ, UN SEÑOR... ME PUSO UNA FLOR EN EL PELO...
¡Y TUS PENDIENTES DESAPARECIERON!
EN TODO CASO, ESTOY SOBRE LA PISTA DE LOS DALTON.
TAILOR
¡UN SEÑOR CON BUENOS MODALES!
¡UN ESTAFADOR DE DEDOS LIGEROS!
GUNSMITH
¡NUNCA ME BESASTE LA MANO!
¡NUNCA TE HE BIRLADO TUS ANILLOS!
TENGO CURIOSIDAD POR CONOCER A ESE NÚMERO CINCO...
TAILOR
¡NUNCA ME PUSISTE UNA FLOR EN EL PELO!
¡NUNCA TE HE AFANADO TUS PENDIENTES!

HAY QUE RECONOCER QUE LOS DALTON SIEMPRE DEJAN, TRAS SÍ, UNA PISTA CLARA...
GENERAL STORE
BANK
...Y LA PISTA AÚN ESTÁ CALIENTE, PARECE SER...
CERRADO POR ATRACO
PUEDE QUE AÚN ANDEN POR AHÍ.
CERRADO POR ATRACO
7A
¡SALID DE AQUÍ! ¡MANOS ARRIBA!
¡N-NO DISPARE! ¡LLÉVESE T-T-TODO LO QUE QUEDA!
¡CALMA! ¿ACASO PAREZCO UN ATRACADOR DE BANCOS?
NO, PERO ESTO NO QUIERE DECIR NADA: ACTUALMENTE, HAY ATRACADORES DE BANCO QUE PARECEN SEÑORES...
¡ERAN CINCO BANDIDOS, VACIARON LA CAJA Y DESPUÉS LA DINAMITARON!
¿NO FUE MÁS BIEN A LA INVERSA?
NO. UNO DE ELLOS ABRIÓ PRIMERO LA CAJA CON MIS LLAVES. AÚN NO COMPRENDO CÓMO LAS CONSIGUIÓ. ¡Y DESPUÉS, UN PEQUEÑO ENERGÚMENO QUISO DINAMITARLA DE TODAS FORMAS, ADEMÁS!
7B

EN EL MISMO INSTANTE, EN UNA CIUDAD VECINA, OTRO BANCO RECIBE UNA VISITA...
¡BUENOS DÍAS, CAJERO! DESEARÍA RETIRAR ALGÚN DINERO.
PUES... ¿LO TIENE USTED EN SU CUENTA?
AY, NO, PERO TENGO LAS LLAVES DE LA CAJA...
CAJA
?!
¡NO, DEDOS MÁGICOS! ¡ES CONTRARIO A LAS REGLAS!
¡UF! ¡MENOS MAL QUE AÚN QUEDAN CIUDADANOS HONRADOS QUE AYUDAN A HACER RESPETAR LAS LEYES!
¿QUÉ?... ¿¡¿CIUDADANOS HONRADOS?!?
¡¡NO NOS DEJAREMOS INSULTAR!!
¡PAM! ¡PAM! ¡PAM!
???
¡NO! ¡CUANDO SE ATRACA UN BANCO NO SE ABRE LA CAJA CON LAS LLAVES!...
¡BLAAM!
¡¡...SINO CON DINAMITA!!
BANK
¡BANG!
¡ASÍ ES COMO SE HACE!
¿AH, SÍ? ¡ME QUEDA MUCHO POR APRENDER SOBRE LAS COSTUMBRES DE ESTE CURIOSO PAÍS!
¡BANG!
¡BANG!
¡BANG!

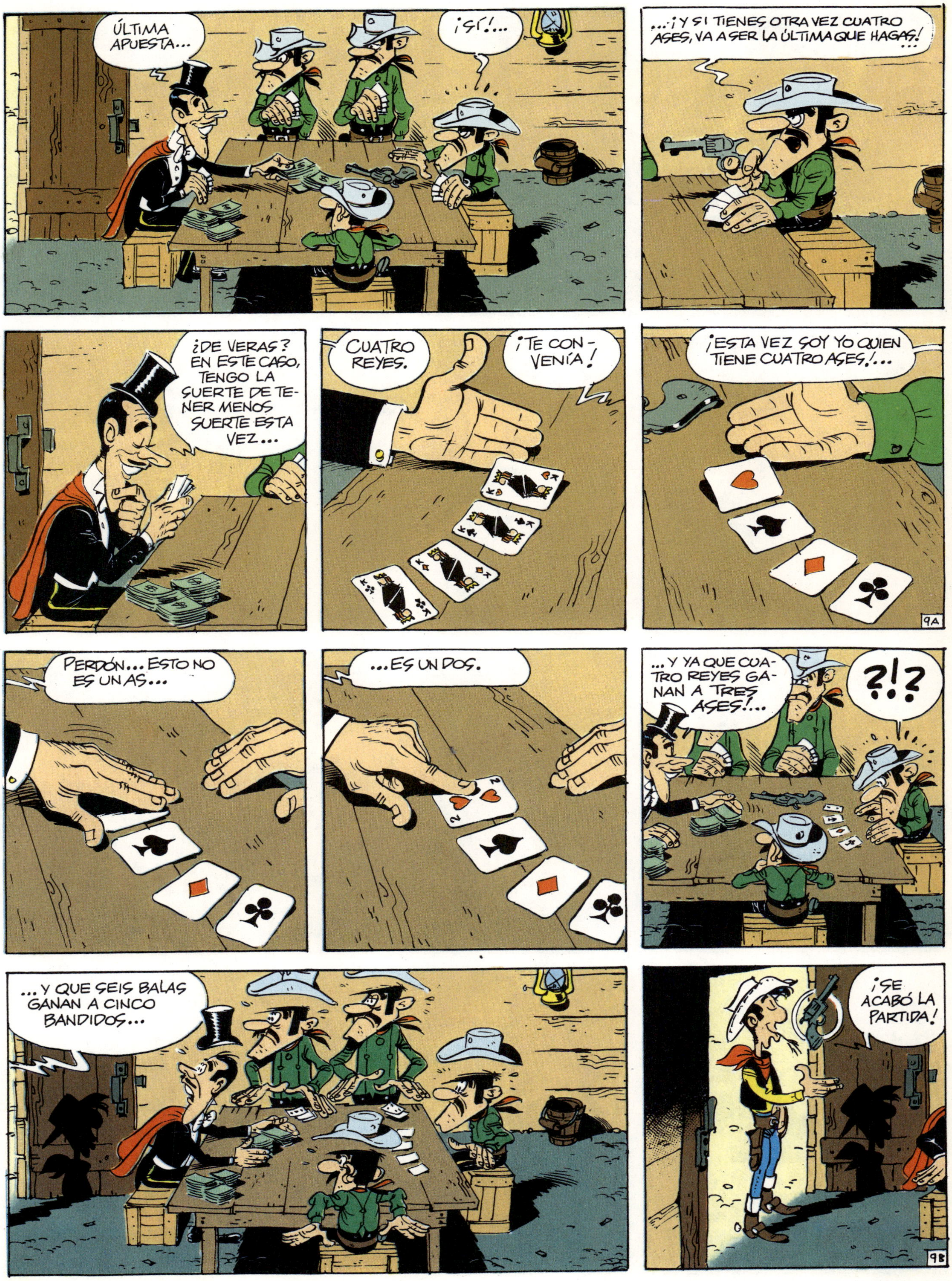
ÚLTIMA APUESTA...
¡SÍ!...
...¡Y SI TIENES OTRA VEZ CUATRO ASES, VA A SER LA ÚLTIMA QUE HAGAS!...
¿DE VERAS? EN ESTE CASO, TENGO LA SUERTE DE TENER MENOS SUERTE ESTA VEZ...
CUATRO REYES.
¡TE CONVENÍA!
¡ESTA VEZ SOY YO QUIEN TIENE CUATRO ASES!...
9A
PERDÓN... ESTO NO ES UN AS...
...ES UN DOS.
...Y YA QUE CUATRO REYES GANAN A TRES ASES!...
?!?
...Y QUE SEIS BALAS GANAN A CINCO BANDIDOS...
¡SE ACABÓ LA PARTIDA!
9B

¿QUÉ?... ¿VOLVEMOS A CASA?
???
???
¡AH!
¡AHORA SE HAN CAMBIADO LAS TORNAS!...
¡ÉSTE ES EL INSTANTE CON EL QUE SIEMPRE SOÑÉ!...
¡JE JE JE!...
...¡EL FIN DE LUCKY LUKE!

¡LLEGÓ EL MOMENTO DEL ADIÓS PARA TI!
JOE LE DICE ADIÓS... ¿POR QUÉ?
¡CIERRA EL PICO, AVERELL!
¡CIERRA EL PICO, AVERELL!
NO HAGAS ESTO, JOE, NO ES NADA AGRADABLE...
¡¡QUITA LA MANO, DEDOS MÁGICOS, O DISPARO A TRAVÉS!!
¿POR QUÉ? SIGAMOS AMIGOS.
¡CUENTO HASTA TRES!
UNO...
...DOS...
PAM
...¡TRES!
???
¡AGARRA TAMBIÉN ÉSTA SI PUEDES!
¡PAM!
???

¡BASTA DE JUEGOS, JOE!
BUSCA UNA CUERDA PARA ATARLES, DEDOS MÁGICOS.
ES INÚTIL...
...SIEMPRE LLEVO ENCIMA ALGO PARA HACER UN PAQUETE REGALO...
12A
¡DEJA ESO, JOE!
¡BANG!
¡FALLASTE!
???
PERDONE, SENOR LUKE, ES EL REVÓLVER DEL SEÑOR JOE. SÓLO CONTIENE BALAS DE FOGUEO...
...HABÍA RETIRADO LAS BALAS DE VERDAD. ME HA PARECIDO MÁS SEGURO PARA JUGAR A NAIPES.
¡DE MODO QUE ÉSTE ERA EL TRUCO!
¡¡PERO ÉSTE CONTIENE BALAS AUTÉNTICAS, PRUEBA A ATRAPARLAS!!...
12B

¡ATRAPA PRIMERO ESTO, JOE!
DEDOS MÁGICOS, EMPAQUETE TAMBIÉN A JOE...
CON MUCHO GUSTO.
HARÉ UN PAQUETE REGALO DE ÉL.
¿Y MI GORRO DE COTILLÓN?...
¿HE DICHO ALGO MALO?...
¡CALMA, JOE! ¡CALMA, JOE!
¡ESTÁN LISTOS PARA LA ENTREGA!
13A
VAMOS A ENTREGAR ESTE PAQUETE AL PENAL OTRA VEZ. PERO, ¿QUÉ ES LO QUE TE IMPULSÓ A FORMAR PARTE DE ESTA BANDA?
NOS FUGAMOS JUNTOS DEL PENAL...
...HABÍA TENIDO PROBLEMAS CON MIS MANOS, QUE SE ENTREGAN A VECES A CIERTAS INDELICADEZAS SIN QUE YO LO SEPA...
CURIOSO. EN TODO CASO, TÚ NO ERES UN FORAJIDO...
...PERO PODRÍAS SERLO, SI SIGUES HUYENDO.
DE MODO QUE ME ACONSEJA VOLVER A ESTE ESTABLECIMIENTO, ¿EH? BUENO, ¿POR QUÉ NO? SE HACE TARDE...
OKEY, VOY A PRESENTAR UNA PETICIÓN DE INDULTO PARA TI AL GOBERNADOR.
¿DE VERAS? MUY ATENTO POR SU PARTE. SE LO AGRADEZCO.
LE DEVUELVO SU ARMA...
?!
13B

¡BUENAS TARDES! ¿LES QUEDAN CUARTOS DISPONIBLES?
¿TÚ OTRA VEZ?
¡Y LOS DALTON!
SEÑOR LUKE, HA SIDO UN PLACER CONOCERLE. SI QUIERE USTED DECIR ALGO EN MI FAVOR AL GOBERNADOR...
TE LO PROMETO.
¡NOS VOLVEREMOS A VER, TRAIDOR! ¡ESTO TAMBIÉN ES UNA PROMESA!
¡CUÉNTATE LOS DEDOS, COW-BOY!...
¡TÚ, VEN POR AQUÍ!
¡AH! ¡VIENE CON NOSOTROS!
¿NO TENDRÍAN OTRA HABITACIÓN PARA MÍ?
¡NO! Y TE LO ADVIERTO, YA ME HAS ROBADO LAS LLAVES UNA VEZ Y...
PERDÓN... DOS VECES.
BUENO, LOS DALTON A BUEN RECAUDO OTRA VEZ...
Y EL SOL SE PONE. FIN DEL EPISODIO. SE PONDRÁ A CANTAR OTRA VEZ QUE ES UN COW-BOY SOLITARIO...
¡SEÑOR LUKE! ¡SEÑOR LUKE!
¡AH! ¡ESTO NO ES LO DE COSTUMBRE!
ME MOLESTABA COMPARTIR LA HABITACIÓN CON LOS DALTON...
PERO, ¿CÓMO HAS SALIDO?
...¡Y CUANDO QUISE RECUPERAR MIS LLAVES, ME TIRÓ TODO ESTO ENCIMA!

SEÑOR LUKE, LE QUEDO AGRADECIDO POR APOYAR MI PETICIÓN DE INDULTO AL GOBERNADOR. ESTO AUMENTA MUCHO MIS POSIBILIDADES.
¡SÍ!... ¡PERO VA A DEPENDER DE TI, SOBRE TODO!
¡Y DE UN POCO DE SUERTE!
¿DE DÓNDE HAS SACADO ESTA HERRADURA?
¡INCORREGIBLE LADRONZUELO!
¡SI EMPIEZAS ASÍ, PUEDES DESPEDIRTE DE TU AMNISTÍA!...
ACEPTEN MIS EXCUSAS. NO ME FIJABA EN MIS DEDOS.
¡E INTENTA DOMINAR TUS DIEZ DEDOS!
MI MARIDO ESTÁ REUNIDO. ¿QUIEREN ESPERARLE AQUÍ?
CON MUCHO GUSTO.
¡QUÉ ALEGRÍA ENCONTRARME EN TAN SEDUCTORA COMPAÑÍA!
¿PUEDO OFRECERLE EL HOMENAJE DE ESTA FLOR?
¡QUÉ GALANTE ES USTED!
DÉJEME PONERLE LA FLOR EN SU ATORNASOLADA CABELLERA...
¡OH, NO! ¡ESTÁ MIRANDO LOS PENDIENTES!
¡DETENTE, DEDOS MÁGICOS!
PERO, SEÑOR LUKE, ¿YA NO SE TIENE EL DERECHO DE SER GALANTE?
¡...SU AMIGO ES UN CABALLERO! ¡EN LUGAR DE REÑIRLE, HARÍA USTED MEJOR EN SEGUIR SU EJEMPLO!

SEÑOR LUKE, HE RECIBIDO SU PETICIÓN DE INDULTO. ME GUSTARÍA SATISFACERLE, PERO...
...VISTOS LOS SERIOS DELITOS COMETIDOS RECIENTEMENTE: ATRACO A BANCO EN COMPAÑÍA DE LOS DALTON...
SE HIZO BAJO LA AMENAZA DE LOS DALTON, EXCELENCIA...
LO QUE DEMUESTRA UNA VEZ MÁS A DÓNDE LLEVAN LAS MALAS COMPAÑÍAS. POR SUERTE, EL SEÑOR LUKE PARECE ESCOGER MEJOR A SUS AMIGOS AHORA...
ESTOY SEGURA DE QUE ESTE CABALLERO LE MANTENDRÁ EN EL CAMINO DERECHO, DE AHORA EN ADELANTE...
ES QUE... QUERIDA...
...LA PETICIÓN NO ES PARA EL SEÑOR LUKE, SINO PARA ESTE... HMMM ... SEÑOR...
¡NO ES POSIBLE! ¡DEBE HABER UN MALENTENDIDO Y CUENTO CONTIGO PARA DISIPARLO, HENRY!
SÍGANME LOS DOS A MI DESPACHO. VOY A REDACTAR EL DOCUMENTO DE INDULTO.
SEÑORA, EL PLACER HA SIDO INMENSO...
ÉSTE ES EL INDULTO. ¡Y NO REINCIDA USTED!
GRACIAS, EXCELENCIA. Y PARA DEMOSTRARLE QUE QUIERO CORREGIRME...
¡¡¡EL MEDALLÓN DE MI MUJER!!!
¡ES POR CULPA DE SUS MANOS, EXCELENCIA! ¡NO SIEMPRE SE DA CUENTA DE LO QUE HACEN!
AH... HM... ¡EN ESTE CASO, LE HAGO RESPONSABLE DE SUS ACTOS, SEÑOR LUKE!
...¡¡SI ESTE IDIOTA NO ES CAPAZ DE VIGILAR SUS PROPIAS MANOS, TENDRÁ QUE HACERLO USTED!!

¡GRACIAS, SEÑOR LUKE! ¡SIN USTED NO HABRÍA OBTENIDO ESTA AMNISTÍA TAN FÁCILMENTE!
¿¡FÁCILMENTE!? ¡PARA MÍ NO VA A RESULTAR JUEGO DE NIÑOS EL SER RESPONSABLE DE TUS ACTOS!
¡VAMOS, VAMOS, SEÑOR LUKE, ME PARECE USTED MUY CAPAZ DE ASUMIR TAL RESPONSABILIDAD!
¡TE VIGILO, NO LO OLVIDES!
¡EH! ¿DE DÓNDE HAS SACADO ESTA MANZANA?
¡DEVUELVE ESTO!
¡BUENO, BUENO! ¡NO VALE LA PENA TANTO JALEO POR...
¡?
...ALGUNAS MANZANAS!
17A
???
¿SATISFECHO?
¡VIGILA TUS HERRADURAS, AHÍ LLEGA DEDOS MÁGICOS!
¡MUY AMABLE DE SU PARTE!
CUENTA TUS DIENTES DESPUÉS, DE TODAS FORMAS...
¡NO TIENE REMEDIO!
SÓLO VEO UNA SOLUCIÓN: ¡PARTIR HACIA EL DESIERTO DONDE NO HAY NADA QUE BIRLAR!...
17B

¡QUÉ ESPLENDOR! ESTA PUESTA DE SOL EN ROJO Y ESTA PRADERA DESIERTA... ME HACE PENSAR EN LA BALADA DE UN POBRE COW-BOY SOLITARIO, LEJOS DEL HOGAR...
¡OJALÁ HUBIÉRAMOS LLEGADO YA AHÍ!...
OUHOUHOUHOUHOU....
HOUHOUHO
¿QUÉ ES ESTO?
OUHOUHOUHOUH
OUHOUHOU....
OUHOUHOU...
COYOTES... HAREMOS FUEGO. VE A POR UN POCO DE LEÑA.
18A
¡EH! ¿DE DÓNDE VIENEN ESAS PLUMAS?
ESO, SÍ... ¿DE DÓNDE VIENEN? HE DEBIDO OLVIDAR UNA VEZ MÁS DE VIGILAR MIS MANOS... A VER SI HE PELADO UNA GALLINA SIN DARME CUENTA...
¡NO! SON PLUMAS...
¡¡...DE INDIOS!!
18B

¡ESTE PAÍS ESTÁ LLENO DE SORPRESAS! ¿QUIÉNES SON ESTOS HOMBRES EMPLUMADOS?
SIOUX. ESTÁN EN EL SENDERO DE LA GUERRA.
POR SUERTE, CONOZCO A PERRO ROJO, SU JEFE.
¿SE TRATA DE UNA DIVERSIÓN FOLKLÓRICA EN LA CUAL PODEMOS PARTICIPAR?
LO PODEMOS LLAMAR ASÍ, PERO PARA NOSOTROS NO SERÁ DIVERTIDO...
19A
EL CORAZÓN DE PERRO ROJO SE REGOCIJA COMO LA ALONDRA AL VOLVER A VER A SU GRAN AMIGO LUCKY LUKE. QUE SUS HIJOS SEAN TAN NUMEROSOS COMO LOS TALLOS DE HIERBA DE LA PRADERA.
¡ATIZA!
EL GRAN JEFE DICE BELLAS PALABRAS PERO, ¿POR QUÉ HA HECHO PRISIONERO A SU GRAN AMIGO?
¡PARA RENDIR GRAN HOMENAJE A LUCKY LUKE Y A SU COMPAÑERO!...
¡...AL SALIR EL SOL SERÁN SACRIFICADOS A LA HACHA MÁGICA DE MANITÚ!
¡MIENTRAS TANTO, QUE LES ENCIERREN EN UN TIPI!
19B

PUEDE QUE SEA UN GRAN HONOR SER SACRIFICADOS A UNA HACHA, SIN EMBARGO ME PARECE PREFERIBLE QUE EVITEMOS ESTA CEREMONIA...
¡SÍ! PERO ¿CÓMO?
¡ASÍ!
¿CÓMO HAS HECHO PARA DESHACERTE DE TUS ATADURAS?
HE PRESENTADO UN NÚMERO DONDE YO ERA EL "REY DE LA EVASIÓN", ANTAÑO. TODAVÍA ME SIRVE HOY...
¡ATENCIÓN! ¡ALGUIEN VIENE!
¡PUES HA LLEGADO EL MOMENTO DEL GRAN MONTAJE DE LA DESAPARICIÓN!
¡PREPARAD POSTES PARA SACRIFICIOS!
¡UGH!
¡YA VA! ¡YA VA!
¡DEPRISA, SEÑOR LUKE!
?
¿QUIÉN ES EL QUE TIENE QUE IR DEPRISA, AQUÍ?
¡OFRENDAS ESCAPAR! ¡CORRER DETRÁS! ¡DEPRISA!

¡MUY BIEN, JOLLY! Y AHORA...
¡YA SÉ, YA SÉ!
21A
¡TIENE USTED UN CABALLO EXCEPCIONAL, SEÑOR LUKE!
¡ESTO MERECÍA SER DICHO!
¡ALERTA! ¡LOS SIOUX ESTÁN EN EL SENDERO DE LA GUERRA!
¡YA NOS PARECÍA!
21B

VAMOS A METER PROVISIONALMENTE ESTE CARGAMENTO DE ORO EN EL BANCO...
...AHÍ SE QUEDARÁ HASTA QUE LA VÍA QUEDE LIBRE.
BANK
BUENO, PUES EN ESTE CASO, ME HOSPEDARÉ AQUÍ HASTA QUE LA VÍA QUEDE LIBRE.
BANK
AMIGO MÍO, QUISIERA UNA HABITACIÓN CON VISTAS AL B... HUM... A LA CALLE.
22A
TOMO LA MISMA HABITACIÓN. ¡Y DEVUELVE A ESTE HOMBRE SU ALFILER DE CORBATA!
?
PERDONE...
¡...Y SU CORBATA!
??
NO ME FIJABA EN MIS DEDOS.
???
¡¡POR ESTA VEZ, HARÉ LA VISTA GORDA...
...HASTA PUEDO ADMITIR QUE ME QUITES EL REVÓLVER SIN PARAR...
...PERO SI PIENSAS DESVALIJAR EL BANCO, VAS DEMASIADO LEJOS!!
BANK
22B

¡SU DESCONFIANZA ME CONSTERNA, SEÑOR LUKE!...
RESULTA SOSPECHOSO QUE QUIERAS CUESTE LO QUE CUESTE UNA HABITACIÓN CON VISTAS AL BANCO... DONDE SE HA DEPOSITADO UNA GRAN CANTIDAD DE ORO...
PERDÓN, PERO HE PEDIDO VISTAS A LA CALLE. ME ENCANTA ESTA ALEGRE ANIMACIÓN...
HOTEL
A OTROS TAMBIÉN PARECE ENCANTARLES...
¿TIENEN USTEDES UNA HABITACIÓN CON VISTAS SOBRE EL B... LA CALLE?
YA ESTÁ OCUPADA.
LÁSTIMA. PERO PUEDE QUE LE SEA POSIBLE ARREGLAR ESTO... MEDIANTE UN PEQUEÑO SUPLEMENTO.
QUIERO UNA HABITACIÓN CON VISTAS AL BANCO.
PERO...
¡... Y YO TAMBIÉN TENGO UN PEQUEÑO SUPLEMENTO PARA USTED!...
¡BANG!
¿HAY ALGUNO MAS QUE SE INTERESE POR LAS VISTAS?
¡PERO, CABALLEROS, ME QUEDAN HABITACIONES CON BONITAS VISTAS, SOBRE EL JARDÍN!...

PERO, ¿POR QUÉ SE INTERESAN TODOS POR UNA HABITACIÓN CON VISTAS A LA CALLE?...
EL SEÑOR DEDOS MÁGICOS PODRÁ EXPLICÁRSELO...
¡BASTA! REHÚSO ESCUCHAR SUS INSINUACIONES POR MÁS TIEMPO. ENCONTRARÉ OTRA HABITACIÓN...
DE ACUERDO, DEDOS MÁGICOS, PERO ME QUEDO CONTIGO, NO TE SUELTO TAN FÁCILMENTE...
¡BUENO! EN ESTE CASO, VOY A VER AL SHERIFF Y...
!
24A
¡SI USTED LO DICE, SHERIFF!...
???
¿¿QUIÉN HA HECHO ESTO??
¡YO!
¡AH! SEÑOR LUKE ¿CONTINÚA USTED QUERIENDO COMPARTIR ESTE CUARTO CONMIGO?
24B

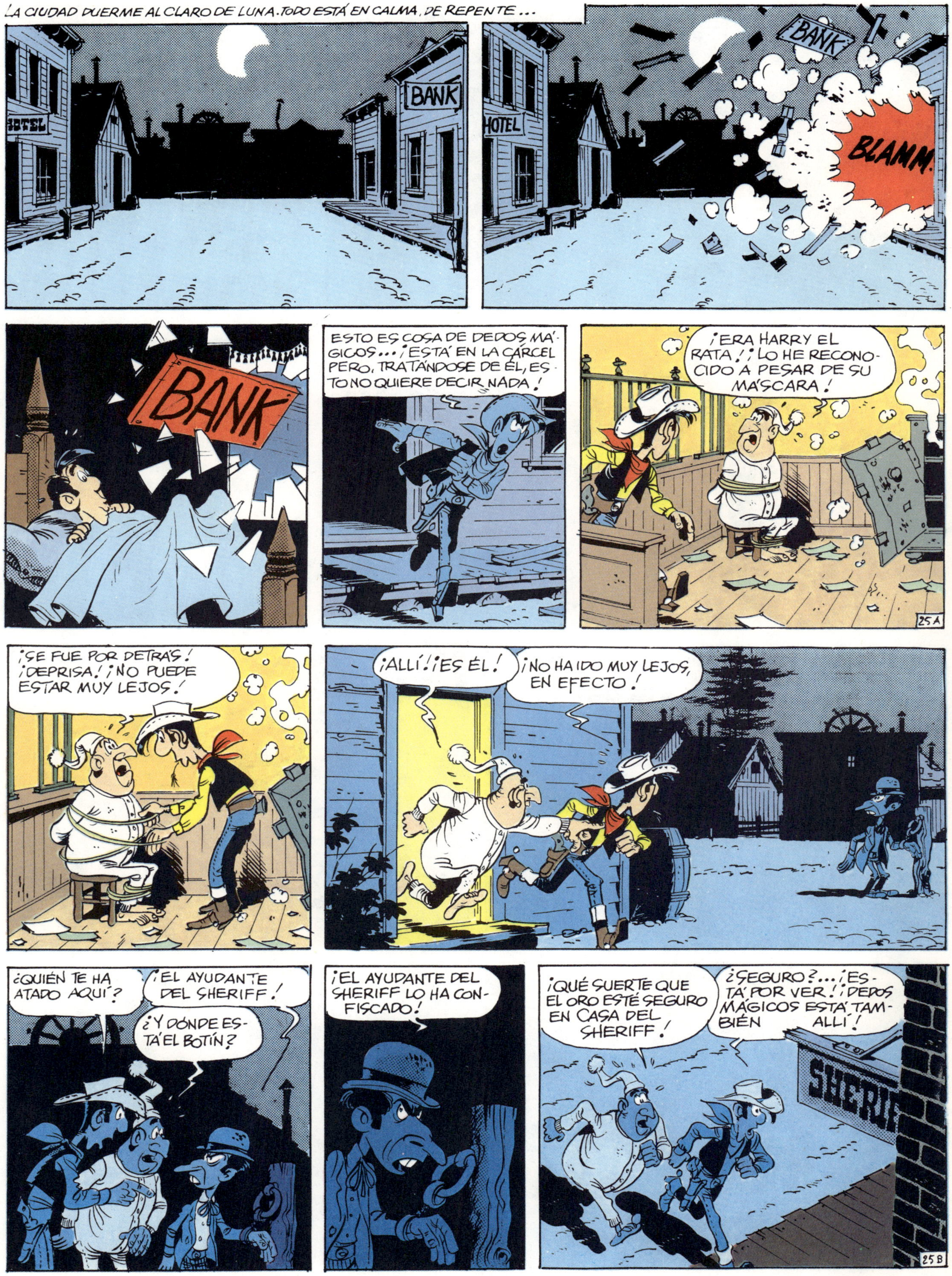
LA CIUDAD DUERME AL CLARO DE LUNA. TODO ESTÁ EN CALMA. DE REPENTE...
HOTEL
BANK
BANK
HOTEL
BLAMM
BANK
ESTO ES COSA DE DEDOS MÁGICOS... ¡ESTÁ EN LA CÁRCEL PERO, TRATÁNDOSE DE ÉL, ESTO NO QUIERE DECIR NADA!
¡ERA HARRY EL RATA! ¡LO HE RECONOCIDO A PESAR DE SU MÁSCARA!
¡SE FUE POR DETRÁS! ¡DEPRISA! ¡NO PUEDE ESTAR MUY LEJOS!
¡ALLÍ! ¡ES ÉL!
¡NO HA IDO MUY LEJOS, EN EFECTO!
¿QUIÉN TE HA ATADO AQUÍ?
¡EL AYUDANTE DEL SHERIFF!
¿Y DÓNDE ESTÁ EL BOTÍN?
¡EL AYUDANTE DEL SHERIFF LO HA CONFISCADO!
¡QUÉ SUERTE QUE EL ORO ESTÉ SEGURO EN CASA DEL SHERIFF!
¿SEGURO?... ¡ESTÁ POR VER! ¡DEDOS MÁGICOS ESTÁ TAMBIÉN ALLÍ!
SHERIF

¿DÓNDE ESTÁ EL SHERIFF?
?!
¡AQUÍ!
WANTED
¿QUÉ HACE USTED AQUÍ, SHERIFF?
LE SERVÍA DE COMER A ESE ... DE DEDOS MÁGICOS, Y...
... ENTONCES, SU SEIS TIROS Y SUS LLAVES DESAPARECIERON, ¿NO ES ASÍ?
¡BANG!
PERO, ¿DÓNDE ESTÁ EL ORO ROBADO EN EL BANCO?
¿ROBADO EN EL BANCO?
¡SÍ! ¡MI BANCO HA SIDO DESVALIJADO, PERO SU AYUDANTE HA RECUPERADO EL BOTÍN Y CAPTURADO AL LADRÓN!
¿¿MI AYUDANTE??
SHERIFF, ¿VA USTED A NECESITAR MIS CABALLOS MUCHO MÁS TIEMPO AÚN?
¿¿¿SUS CABALLOS???
¡SÍ! ¡MIS CABALLOS QUE SU AYUDANTE HA REQUISADO!
¿QUÉ ES TODO ESTO DEL AYUDANTE? ¡YO NO TENGO AYUDANTE!...
SHERIFF
PERO, ENTONCES, ¿QUIÉN HA CONFISCADO EL ORO?
¿Y REQUISADO MIS CABALLOS?
SÍ... ¿¿QUIÉN??
¡ESTO YA LO HE ADIVINADO!
HASTA AQUÍ, LA SUERTE ME SONRÍE...

OUHOUHOUHOUHOU...
OUHOUHOUHOUHOU
YA HE OÍDO ANTERIORMENTE ESOS AULLIDOS. SE TRATA DE COYOTES O DE INDIOS QUE IMITAN A ESOS CANINOS...
LA MEJOR MANERA DE SABERLO, ES REPOSAR UN POCO...
COSA QUE NECESITO MUCHO, TRAS ESTA NOCHE EN BLANCO...
27A
¡UGH!
¡UNA OBSERVACIÓN MUY JUICIOSA! ¡SIEMPRE RESULTA UNA BONITA SORPRESA!
ES AGRADABLE COMPROBAR QUE MIS ACTUACIONES SON APRECIADAS...
¿Y CÓMO APRECIAS ESTE CAMBIO EN TU ACTUACIÓN?
!
27B

¡EXCELENTE! CON SU HABILIDAD...
...Y...
CLAC!
...SU...
PAN!
...DESTREZA...
...PODRÍA USTED CONVERTIR-SE EN UN GRAN PRESTIDIGITA-DOR...
SI LE ENSE-ÑO ALGU-NOS TRU-COS...
NO, GRACIAS, BASTA DE TRUCOS. ¡VOLVEMOS A LA CIUDAD!
¿NO HAY OTRO REFUGIO? TEMO NO SER BIEN VISTO EN ESTA CIUDAD...
¡TE LO HAS GANADO A PULSO!
¿CONQUE QUIERE ENTREGARME A LA JUSTICIA? PUES BIEN, LO SIENTO POR USTED, SEÑOR LUKE...
?
...NO HAY MÁS QUE DEJAR A LA JUSTICIA SEGUIR SU CURSO. LE DEVUELVO SU ARMA...
??
¿¿QUÉ OTRA AÑAGAZA SE OCULTA TRAS TODO ESTO??...

¡SE HABRE EL PROCESO CONTRA EL LLAMADO DEDOS MÁGICOS!
¿ES ÉSTE SU VERDADERO NOMBRE?
TENGO VARIOS NOMBRES, SEÑORÍA. EN EL VIEJO MUNDO TRIUNFÉ BAJO EL DE "REY DE LA MAGIA"...
29A
...ME LLAMABAN TAMBIÉN GASTÓN EL SEDUCTOR. PERO ERRÓNEAMENTE: YO NO SEDUZCO, SOY SEDUCIDO. EN CUANTO VEO BELLEZA, ENTONCES...
¡AL GRANO! ¡ACUSADO, VUELVA A SU LUGAR!
¡FERDINAND! ¡DEJA HABLAR AL CABALLERO!
SÍ, QUERIDA...
...ENTONCES LO OLVIDO TODO Y QUIERO QUEDARME DE TAN BELLO INSTANTE UN RECUERDO TANGIBLE...
PERO COMO A MENUDO SE EQUIVOCAN CON RESPECTO A MIS INTENCIONES, RESTITUYO LO QUE SEA.
ES LO QUE HIZO CON MI MEDALLÓN...
¡QUÉ ROMÁNTICO!
¡ROMÁNTICO! ¡HM! ¡Y CUANDO ATRACÓ EL BANCO FUE TAMBIÉN PORQUE LO ENCONTRABA BELLO, CLARO!
29B

¡NO TIENES EL MENOR SENTIDO DE LO ROMÁNTICO, HENRY!
¡EXACTO! ¡IGUAL QUE FERDINAND!
HM... ¡AL GRANO!
PRECISAMENTE, DÉJEME ANTES QUE NADA CERTIFICARLE QUE YO NO HE ROBADO EL BANCO.
ENTONCES, ¿DE DÓNDE VENÍA EL ORO CON EL CUAL INTENTABA USTED HUIR?
SE LO LLEVÓ DEL BANCO ESTE SEÑOR.
¡PERO ÉL ME LO BIRLÓ ¡@#%! TRAIDOR!
¡POR FAVOR! ¡VIGILE SU LÉXICO! ¡HAY DAMAS ENTRE NOSOTROS!
¡QUÉ BIEN EDUCADO ES!...
¡UN VERDADERO CABALLERO!
...PERO ANTES DE JUZGAR A ESE DESVALIJADOR DE BANCOS, QUIERO APELAR A TODA SU CLEMENCIA. ¡TUVO UNA JUVENTUD DIFÍCIL!...
30A
...LLEVA EL PESO DE UN FÍSICO INGRATO, DE UNA EDUCACIÓN LAMENTABLE Y...
¡AL GRANO! ¡AL GRANO!
¡ES USTED EL INCULPADO! ¡ES A USTED A QUIEN SE JUZGA! ¡ES USTED QUIEN SE HA LARGADO CON EL ORO!
¿...O PRETENDE USTED QUE OTRO CARGUE CON LAS CULPAS?
ES PRECISO, ¡AY!
¡EL SEÑOR LUKE ES AQUÍ EL CULPABLE!
?
?
?
?
?
?
?
?
30B

¡ACUSADO DEDOS MÁGICOS, USTED SE HIZO PASAR POR AYUDANTE DEL SHERIFF Y SE APROPIÓ ASÍ DEL ORO ROBADO!
NO LO NEGARÉ...
¿CÓMO PUEDE USTED PRETENDER QUE FUE LUCKY LUKE QUIEN LO HIZO?
NO LO PRETENDO, SEÑORÍA. ¡DECÍA SOLAMENTE QUE EL SEÑOR LUKE ERA EL CULPABLE!
¡SU EXCELENCIA EL GOBERNADOR PUEDE ATESTIGUARLO!
¡¿YO?!...
CLARO ESTÁ, EXCELENCIA. ¿ACASO NO HA HECHO USTED MISMO RESPONSABLE DE MIS ACTOS A LUCKY LUKE?
¿ES VERDAD, HENRY?
31A
SÍ, PERO...
¡ENTONCES EL SEÑOR DEDOS MÁGICOS TIENE RAZÓN! ¡NO PUEDE SER CONDENADO!
¿LO OYES, FERDINAND?
SÍ, QUERIDA...
¿CÓMO? ¿ABSOLVERLE? ¡HA ROBADO MIS CABALLOS!
¡ME ENCERRÓ!
¡ES UN ESTAFADOR, CUÉLGUENLE!
¡ES INOCENTE, FERDINAND!
¡MI MARIDO PUEDE ATESTIGUARLO!
¡SILENCIO! ¡SILENCIO!
31B

¡SILENCIO! ¡LOS TESTIGOS SERÁN OÍDOS MÁS TARDE!
¡ES INÚTIL, SEÑORÍA! ¡YO NO NIEGO NADA!
¡ESTO ES! ¡AHORCADLE!
¡MÁS TARDE!... QUIERO DECIR ¡SILENCIO! ¡EL JURADO DELIBERARÁ PRIMERO!
¡ES INÚTIL! ¡HE RECONOCIDO LOS HECHOS QUE SE ME IMPUTAN!
AH, BUENO... HM... SI SE DECLARA USTED MISMO CULPABLE...
PERDÓN. RECONOZCO LOS HECHOS, NO LA CULPABILIDAD. EL CULPABLE ES EL SEÑOR LUKE COMO YA HE INDICADO...
¡JA JA JA! ¡QUÉ LIANTE!
¡SILENCIO! ¡NO HAY DE QUÉ REÍRSE!...
32A
...¡GRAVES DELITOS HAN SIDO COMETIDOS Y LA LEY EXIGE QUE EL CULPABLE SEA CASTIGADO!...
¡ESO! ¡AHORCADLES A LOS DOS!
¡...CONDENO, PUES, AL CULPABLE A DIEZ AÑOS DE RECLUSIÓN!
¿A QUIÉN? ¿A MÍ? ¡ES DEMASIADO GORDO!
¡SÍ! ¡ES DEMASIADO GORDO! ¡NO SE TIENEN EN CUENTA LOS GRANDES SERVICIOS QUE EL SEÑOR LUKE HA PRESTADO A ESTE PAÍS! SU SEÑORÍA PUEDE ATESTIGUAR QUE...
¡NO! ¡BASTA DE TESTIMONIOS! ¡REDUZCO LA PENA A 8 AÑOS!
¡DOS MESES!
¡SIETE MESES!
¡TRES SEMANAS!
¡SEIS SEMANAS!
¡CUATRO DÍAS!
¡CINCO DÍAS!
¡ADJUDICADO!
32B

¡CINCO DÍAS DE CÁRCEL POR UN DELITO QUE OTRO HA COMETIDO! ¡QUÉ TONTERÍA!... ¡HUBIERA PREFERIDO ENCERRAR A DEDOS MÁGICOS!...
¡SÍ! ¡ESTO ME ENSEÑARÁ A CARGAR CON LA RESPONSABILIDAD DE LOS DEMÁS!
¡SEÑOR LUKE, TENGO UNA BUENA NOTICIA! ¡HA SIDO USTED INDULTADO POR EL GOBERNADOR GRACIAS A MI INTERCESIÓN CERCA DE SU ENCANTADORA ESPOSA!
ASÍ, SI LO ENTIENDO BIEN, ¿ESTE ESTAFADOR HA PEDIDO EL INDULTO DE LA CONDENA QUE LE HAN INFLIGIDO A USTED POR UN DELITO QUE ÉL COMETIÓ?
ES MÁS O MENOS ESTO. PERO DÉJEME AÑADIR QUE...
¡NO, NO! ¡NO HAY NADA QUE AÑADIR! ¡LÁRGUENSE! ¡YA ESTÁ BASTANTE EMBROLLADO!
33A
¿CÓMO TE LAS ARREGLAS SIEMPRE PARA PONER LAS COSAS PATAS ARRIBA?
ES LO PROPIO DEL PRESTIDIGITADOR, SEÑOR LUKE.
PERO ANTES DE QUE ME PROVOQUES NUEVAS SORPRESAS, IRÉ A VER AL GOBERNADOR. ¡NO QUIERO SEGUIR SIENDO RESPONSABLE DE TUS ACTOS!
ESTO YA ESTÁ RESUELTO, SEÑOR LUKE. AHORA SOY YO EL RESPONSABLE DE LOS ACTOS DE USTED...
¿QUÉ?...
P... PERO, SEÑOR LUKE, ¿POR QUÉ?...
¡POR ESTO!
¡ARREA!...
33B

¡ALERTA! ¡LOS SIOUX ATACAN LA CIUDAD!
¡EL DEMONIO DEL FUEGO DANZA EN LA CIUDAD! ¡EL ATAQUE PUEDE EMPEZAR!
PERO EL CORAZÓN DE PERRO ROJO ESTÁ CARGADO DE PREOCUPACIÓN...
MUCHOS BRAVOS GUERREROS YA NO VERÁN ALZARSE EL SOL...
¡ESOS GUERREROS, MUY FELICES! ¡ELLOS PARTIR HACIA LOS TERRITORIOS DE CAZA ETERNOS!
PERRO ROJO ESPERA QUE NO DEMASIADOS GUERREROS TENDRÁN ESTA SUERTE...
¡GRAN JEFE DEBE TENER CONFIANZA EN HACHA MÁGICA! ¡ELLA NOS DARÁ LA VICTORIA!
¡CHAC!
¡LINDO BLANCO, SEÑOR LUKE! ¡CON SU DESTREZA Y SU SENTIDO DE LA SITUACIÓN, PODRÍA USTED CONVERTIRSE EN UN GRAN PRESTIDIGITADOR!

¡QUE SE RETIREN LOS GUERREROS! ¡EL ATAQUE A LA CIUDAD NO TENER LUGAR!
¡ESPERAD! ¡QUE LOS BRAVOS NO ABANDONEN! ¡LA MAGIA DEL HOMBRE-MEDICINA TRAERÁ LA VICTORIA!
LUCKY LUKE MÁS FUERTE QUE HOMBRE-MEDICINA. ¡SU BASTÓN QUE ESCUPE FUEGO HA DESTRUIDO HACHA MÁGICA!
¡HOMBRE-MEDICINA DEMOSTRARÁ QUE ÉL ES MÁS PODEROSO QUE LUCKY LUKE! HOMBRE-MEDICINA HA DICTADO MENSAJE A PLUMA-DE-TINTA...
¡ENVÍA MENSAJE A LOS ROSTROS-PÁLIDOS!
35A
LOS SIOUX RENUNCIAN AL ATAQUE. SU DISPARO BIEN APUNTADO HA DEBIDO COMERLES LA MORAL.
ASÍ LO ESPERO.
¡AHÍ ESTÁ LUCKY LUKE!
¡VIVA LUCKY LUKE!
¡SU SACRIFICIO SALVARÁ NUESTRA CIUDAD!
¿¡¿SACRIFICIO?!?
HE RECIBIDO UN MENSAJE DE LOS SIOUX.
"...SI LUCKY LUKE NO NOS ES ENTREGADO ANTES DE LA PUESTA DEL SOL, LA CIUDAD SERÁ DEVASTADA..."
35B

¿LOS SIOUX EXIGEN QUE YO LES SEA ENTREGADO ?
ESTO ES.
¡VIVA LUCKY LUKE!
¡EN RECUERDO DE SU SACRIFICIO, COLOCARÉ UNA PLACA CONMEMORATIVA EN MI BANCO!
¡YO LE PROPORCIONARÉ UNA LOSA FUNERARIA DIGNA DE ÉL!
¡NO TAN DEPRISA! ¿¿QUIÉN LES DICE QUE QUIERO ENTREGARME A LOS SIOUX ?!
VUELVA A LEERNOS ESE MENSAJE.
"SI LUCKY LUKE NO NOS ES ENTREGADO ANTES DE LA PUESTA DEL SOL, LA CIUDAD SERÁ DEVASTADA; ADEMÁS..."
¡VAYA, ESTO NO ES TODO!
36A
...“ADEMÁS, TODO EL ORO DEPOSITADO EN EL BANCO DEBE SERNOS ENVIADO”.
¡¡¿CÓMO ?!!
¡NO TOCARÁN MI ORO! ¡HE TRABAJADO DURANTE AÑOS PARA TENERLO!
¡YO TAMBIÉN!
¡Y YO TAMBIÉN!
¡NO LES REMITIREMOS NADA DE NADA!
¡QUE VENGAN ESOS SALVAJES!
¡LES RECIBIREMOS CALUROSAMENTE!
¡BIEN JUGADO, DEDOS MÁGICOS! PERO IRÉ DONDE LOS SIOUX.
¡¿QUÉ?!
TENGO UN PLAN Y PUEDES AYUDARME A EJECUTARLO.
36B

... Y AQUÍ TIENES OTRA BOTELLA...
¡Y OTRA MÁS! ¿VA BIEN ASÍ?
PERFECTO, SEÑOR LUKE. ¡TIENE USTED LAS MANOS DE UN GRAN MANIPULADOR!
¡BUENO, PUES VOY A CORRER EL RIESGO!
¡NO, NO! ¡UN ILUSIONISTA NUNCA DEBE APOSTARLO TODO A UNA SOLA CARTA!
SU REPERTORIO NO ESTÁ COMPLETO. TOME ESTO.
¿PARA QUÉ SIRVE?
ES PARA EL PUNTO CLAVE DE SU ESPECTÁCULO.
37A
EL SOL BAJA Y LUCKY LUKE NO VENIR. ¡EL ATAQUE PUEDE EMPEZAR!
¡NO! ESPERAD.
¡LLEGAR LUCKY LUKE EN CARROMATO!
¿POR QUÉ SIOUX NO MARCHAR? ¿HOMBRE-MEDICINA HA OLVIDADO NUESTRO ACUERDO?
¿ACUERDO?
¡LUCKY LUKE HA DADO AGUA DE FUEGO A HOMBRE-MEDICINA A CAMBIO DE LA PAZ!
?
37B

¡...OTRA BOTELLA! ¡Y UNA MÁS! ¡HOMBRE MEDICINA HA RECIBIDO MUCHA AGUA DE FUEGO!
MUCHA AGUA DE FUEGO. ¿HOMBRE-MEDICINA QUERÍA QUEDARSE TODO ESTO PARA ÉL?
!
¿HOMBRE-MEDICINA PUEDE DAR UNA EXPLICACIÓN?
¡ÉL PUEDE!
¡LUCKY LUKE RECURRIR A SORTILEGIO! OBEDECE A INSPIRACIONES DEL ESPÍRITU MALIGNO QUE...
¡...QUE LO HABITA!
!
38A
¡LUCKY LUKE HA ULTRAJADO A HOMBRE-MEDICINA CON BRUJERÍA MALÉFICA. ¡POR ELLO HOMBRE-MEDICINA PROVOCA A LUCKY LUKE A UN DUELO DE MAGIA!...
!
¡QUE FLECHA-QUE-MATA, ARCO-QUE-CANTA Y OJO-DE-HALCÓN VENGAN AQUÍ!
¡LOS MEJORES ARQUEROS DE LA TRIBU DISPARARÁN SOBRE HOMBRE-MEDICINA Y DESPUÉS SOBRE LUCKY LUKE...
...Y AQUÉL QUE RESULTE MUERTO PERDERÁ! JE, JE, JE, JE...
38B

¡VAIS A DISPARAR SOBRE HOMBRE-MEDICINA! ¡INTENTAD ALCANZARLE!
PERO, DE REPENTE, OS SENTÍS CANSADOS... MUY CANSADOS... INCAPACES DE MANTENER LOS OJOS ABIERTOS... EL ARCO RESULTA PESADO... CANSADOS... CANSADOS...
Y AHORA...
¡DISPARAD!
¡DESPERTAOS! ¡OJO VOLVERSE DE NUEVO CLARO! ¡MANO VOLVERSE SEGURA!
¡CLAP!
39A
¡AHORA, DISPARAD SOBRE LUCKY LUKE!...
¡DISPARAD!
¡PAM!
¡PAM!
¡PAM!
?!
?!
?!
?!
39B

¡AHORA AUTÉNTICA MAGIA! ¡LUCKY LUKE HARÁ LLOVER!
¿HACER LLOVER?
¡UGH!
¡UGH!
¡SI LUCKY LUKE HACER LLOVER, ÉL MÁS GRANDE HECHICERO QUE HOMBRE-MEDICINA!
PERO SI ÉL NO LOGRARLO, ÉL EMBUSTERO. ¡ENTONCES, LUCKY LUKE MORIR!
LA LLUVIA VENDRÁ. ¡LLUVIA MÁGICA QUE HARÁ GERMINAR Y CRECER LA SEMILLA QUE ESTÁ AQUÍ!
MIRAD. PLANTO LA SEMILLA...
40A
¡AHORA LA LLUVIA VENDRÁ Y LA PLANTA CRECERÁ!
ABRACADABRA... ABRACADABRA... ABRACADABRA...
AQUÍ NADA CRECER...
¡LLUVIA HA CESADO, PLANTA NO HA CRECIDO! LUCKY LUKE HA FRACASADO!
¡DEBÍ CONTENTARME CON LA LLUVIA! ¡HABRÍA BASTADO!
40B

¡LAS PALABRAS DE LUCKY LUKE SON GRANDES, PERO SUS ACTOS SON PEQUEÑOS! ¡LOS PRODIGIOS QUE PROMETIÓ NO HAN TENIDO LUGAR!
PERO LUCKY LUKE HA HECHO LLOVER. ¡ESTO GRAN PRODIGIO!
SÓLO SER LLUVIA PEQUEÑITA, POR LO TANTO PRODIGIO PEQUEÑITO...
HABRÍA SIDO GRAN PRODIGIO SI LA PLANTA HUBIERA CRECIDO COMO LUCKY LUKE PREDIJO, PERO...
41A
¡UF! ¡YA ERA HORA!
¡MIRAD! ¡PLANTA CRECER! ¡GRAN PRODIGIO! ¡UGH!
¡LUCKY LUKE HA CUMPLIDO SU PROMESA! ¡LOS SIOUX LO HARÁN TAMBIÉN Y SE IRÁN EN PAZ! ¡PERRO ROJO HA HABLADO!
Y YA ESTÁ...
¡OKEY, DEDOS MÁGICOS! ¡SALIÓ BIEN!
41B

HE CREÍDO POR UN MOMENTO QUE LA PLANTA NO CRECERÍA...
¡TEMOR INÚTIL, SEÑOR LUKE! ¡ESTE TRUCO DE FAKIR ORIENTAL NUNCA FALLA!
SE TRATA DE UN BULBO ESPECIALMENTE PREPARADO DE DONDE SALE UNA PLANTA EN CUANTO LO RIEGAN. ERA EL PAPEL DE LA "LLUVIA"...
CON LA LLUVIA HABRÍA BASTADO...
NO, LA PLANTA ERA NECESARIA PARA DESVIAR LA ATENCIÓN...
42A
¡...ASÍ NADIE HA PENSADO EN MIRAR DE DÓNDE VENÍA LA LLUVIA, SIMULADA MEDIANTE LA BOMBA DE INCENDIOS...!
EN TODO CASO, SU DEBUT COMO ILUSIONISTA ES UN ÉXITO. ¡ES USTED UN ALUMNO CON TALENTO!
GRACIAS... Y SI ME HACES EL FAVOR DE DEVOLVERME EL REVÓLVER...
... TE DEVUELVO TU BILLETERO...
¡UN ALUMNO MUY TALENTOSO! ...
42B

HA HECHO USTED UN BUEN SERVICIO A LA CIUDAD, SEÑOR LUKE. ¡ME PARECE JUSTO QUE YO RECIBA POR ELLO UNA MERECIDA RECOMPENSA!
?
¿¿¿QUIÉN DEBE RECIBIR ESTA RECOMPENSA ???
YO, SEÑOR LUKE. USTED NO HABRÁ OLVIDADO QUE EL GOBERNADOR ME HA HECHO RESPONSABLE DE SUS ACTOS...
...PUES BIEN, ENTONCES DEBO SUFRIR LAS CONSECUENCIAS DE SUS ACTOS... HASTA SI ESAS CONSECUENCIAS SON UNA RECOMPENSA...
¡DE ACUERDO, DEDOS MÁGICOS! ¡RECIBIRÁS TODO LO QUE LOS CIUDADANOS RECONOCIDOS NOS DARÁN!
¡VIVA LUCKY LUKE! ¡HA SALVADO LA CIUDAD!
¡QUE LE HAGAN CIUDADANO DE HONOR!
¡...Y ALCALDE DE LA CIUDAD!
¡BUENO, NO EXAGEREMOS!
QUEREMOS QUE EL SERVICIO PRESTADO A NUESTRA CIUDAD SEA DEBIDAMENTE RECOMPENSADO...
¡AH!
¡CONCEDEDLE, DE POR VIDA, EL DERECHO A UN ENTIERRO!
DADLE UNA ENTRADA GRATUITA AL...
¡SILENCIO! ¡EL GOBERNADOR TIENE LA PALABRA!

LE INVITAMOS AL AYUNTAMIENTO, DONDE SE LE ENTREGARÁ UN DOCUMENTO COMO RECOMPENSA...
...PERO SIN ESPERAR A ESA CEREMONIA, YA QUIERO HACER CONSTAR QUE ...
MÁS TARDE, MUCHO MÁS TARDE...
...Y NO DIGO MÁS, DE MOMENTO. ¡AHORA, DURANTE LA ENTREGA DEL DOCUMENTO, YO DIRÉ MÁS DETALLADAMENTE CUANTO HA MERECIDO USTED DE LA CIUDAD Y DE LA PATRIA!...
PERMÍTANME AÑADIR ALGUNAS PALABRAS...
¡LUEGO, ALCALDE, EN EL AYUNTAMIENTO!
PUES BIEN, SEÑOR LUKE, AQUÍ SE SEPARAN NUESTROS CAMINOS... NO PUEDO ESTAR PRESENTE, Y LO SIENTO, AL HOMENAJE TAN MERECIDO QUE LE VAN A RENDIR...
44A
¡EH, DEDOS MÁGICOS! ¡OLVIDAS NUESTRO ACUERDO!
¡HE AQUÍ AL HOMBRE AL CUAL HAY QUE RENDIRLE HOMENAJE!
¡SÍ, DEDOS MÁGICOS! ¡QUEREMOS A DEDOS MÁGICOS!
¡DEDOS MÁGICOS!
¡AUXILIO!
¡AQUÍ SE SEPARAN NUESTROS CAMINOS, DEDOS MÁGICOS! NO PUEDO ESTAR PRESENTE, Y LO SIENTO, AL HOMENAJE TAN MERECIDO QUE LE VAN A RENDIR...
...I'M A POOR LONESOME COWBOY AND A LONG LONG WAY FROM HOME...
FIN
MORRIS + LO HARTOG VAN BANDA
44B

VALLE
DE LOS
ESPEJISMOS